Miriam Esdohr

TAKES

 COMIC CULTURE VERLAG

Naka, Iakes

HEY, CHEF!

DAS WAR SCHON DER ZWEITE MORD.

Kapitel 1

ICH WEISS, DAS KLINGT JETZT ZIEMLICH HEIKEL, ABER ...

... ICH HABE GRÜNDLICH DARÜBER NACHGEDACHT – ICH WÜRDE GERNE RIK WIGAND HINZUZIEHEN!

RIK WIGAND? DEIN PARTNER VON DAMALS?! IST DAS NICHT EIN LEBEN-DER?

WARUM SOLLTEN WIR EINEN AUS DER WELT DER LEBENDEN MIT REIN-ZIEHEN?

MENSCHEN, WIE GEISTER UND GEISTER, WIE MENSCHEN ...

BIS MORGEN!

UND MANCHMAL KANN ICH SIE NUR SCHWER UNTERSCHEIDEN.

AHAAA?

BLA

BLA

BLA

BLA

EIN ORT.

IAKES TEILT SICH IN FOLGENDE EBENEN EIN: SANGVI, NAKA UND ALÄ. DAZU KOMMT DAS PORTAL, VOR DEM WIR UNS BEFINDEN – EIN NEUTRALER ORT – UND HEYJA, WO SICH DIE MITARBEITER AUFHALTEN.

Sangvi

Heyja

Naka

Alä

UND WO WOHNST DU?

SEIT ES DIE MORDKOMMISSION GIBT, IN HEYJA. DAVOR HABE ICH IN NAKA GEWOHNT.

NACH NAKA KOMMEN DIE MEISTEN MENSCHEN. SIE SIND WEDER GUT, NOCH BÖSE. NAKA ÄHNELT DER STERBLICHEN WELT SEHR.

IN HEYJA LEBEN DIE MITARBEITER UND HABEN DIREKTE ZUGANBINDUNG ZUM PORTAL. VOM PORTAL AUS KANN MAN VIA ZUG IN DIE ANDEREN BEREICHE GELANGEN. ALLE ANDEREN DÜRFEN IHRE BEZIRKE ABER NICHT VERLASSEN. DAFÜR HABEN WIR EIN AUSGEKÜGELTES SICHERHEITSSYSTEM.

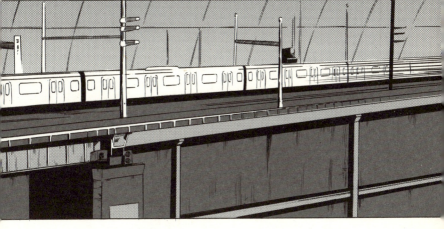

DIE STRASSE IST ANDERS, ABER SONST IST ALLES WIE IN MEINER "ECHTEN" WOHNUNG. FAST, WIE ES FRÜHER MAL WAR.

UND? MAN MERKT GAR NICHT, DASS MAN IN EINER ANDEREN WELT IST, ODER?

WARUM STARRST DU MICH SO AN?

G-GAR NICHTS! WILLST DU KAFFEE? ICH HAB DOCH 'NE KAFFEMASCHINE?

ICH HÄTTE ES WISSEN MÜSSEN — SIE IST WÜTEND AUF MICH. WIE KÖNNTE ES ANDERS SEIN?

ICH KANN MICH GLÜCKLICH SCHÄTZEN, WENN SIE MICH NICHT HASST ...

NANG MUSSTE STERBEN, WÄHREND ICH MEIN NUTZLOSES LOTTERLEBEN FÜHRTE ...

ICH HÄTTE AN IHRER STELLE SEIN SOLLEN ...

ABER WO WAR ICH, ALS SIE MICH AM MEISTEN GEBRAUCHT HAT?

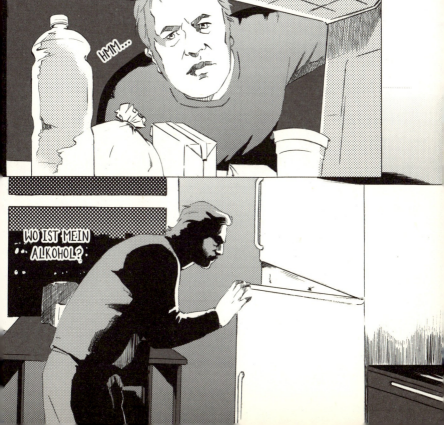

IRGENDWO WIRD ES JA WOHL 'NEN KIOSK ODER SO GEBEN!

SIND DIE WIRKLICH ALLE SCHON TOT? ICH SEHE KEINEN UNTERSCHIED ZUR "ECHTEN" WELT ...

VIELLEICHT TRÄUME ICH NUR??

ODER BIN ICH BESOFFEN?!

WENN DIE TOTEN HIER SIND, SIND SIE DOCH GAR NICHT SO RICHTIG TOT, ODER?

WER WILL SCHON EWIG LEBEN?

WAS PASSIERT EIGENTLICH MIT DEN MORD-OPFERN?

KANN MAN ZWEIMAL STERBEN? WIE GRAUSAM ... DAS MUSS ICH NANG ALLES FRAGEN!

HEY!

OH, TUT MIR LEID!

JEDER IN IAKES HAT DIE CHANCE AUF WIEDERGEBURT.

NUR FÜR DIE IN ALÄ ...

... IST ES SO GUT WIE UNMÖGLICH.

DAZU MÜSSTEN SIE IM RANG AUFSTEIGEN UND ES SO NACH NAKA SCHAFFEN. MANCHE VERSUCHEN ES, INDEM SIE ALS MITARBEITER ALÄS AUSGÄNGE BEWACHEN. KEINE BELIEBTE ARBEIT UND AUCH NICHT UNGEFÄHRLICH.

NAKA

ES GIBT EINE WARTELISTE, ABER WER IN SANGVI WOHNT, WIRD BEVORZUGT BEHANDELT!

EINE WARTELISTE?

UND WAS PASSIERT, WENN MAN "NOCH MAL" STIRBT?

DIE MEISTEN MÖRDER SIND MÄNNLICH UND ZWISCHEN 20 UND 30 JAHRE ALT.

RÄUSPER

VERMUTLICH HANDELT ES SICH AUCH HIER UM EINEN MANN MITTE 20. WAHRSCHEINLICH SEHR INTELLIGENT, VIELLEICHT EIN INGENIEUR ODER TECHNIKER. JEMAND, DER SICH MIT SICHERHEITSSYSTEMEN AUSKENNT.

DAS OPFER DÜRFTE NICHT ALLZU KRÄFTIG GEWESEN SEIN. TROTZDEM HAT ER SICH VON HINTEN ANGESCHLICHEN, UM IHR ERST EINS ÜBER DEN KOPF ZU ZIEHEN. UM JEMANDEN ZU ERDROSSELN, BRAUCHT MAN VIEL KRAFT, ALSO HAT ER VERMUTLICH WENIG SELBSTVERTRAUEN UND GEHT LIEBER AUF NUMMER SICHER.

ICH GLAUBE, ER HAT SIE DORT ERST ANSCHLIESSEND HINGELEGT. AM FUNDORT GAB ES KEINEN BLUTIGEN GEGENSTAND, WIE ZUM BEISPIEL EINEN DICKEN AST. DIESES MUSTER PASST AUF EINEN SERIENTÄTER.

WIR MÜSSEN DIE AUGEN OFFEN HALTEN!

WAS AUCH IMMER ER WILL, ER MUSS SICH NOCH IN NAKA AUFHALTEN.

UND ES IST AN UNS, IHN ZU FINDEN, BEVOR ES WEITERE OPFER GIBT!

TOCK
TOCK

HALLO, TÖNJE!

HEY.

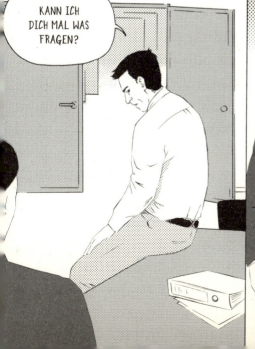

KANN ICH DICH MAL WAS FRAGEN?

KLAR, WAS IST?

NEIN ...

ES SIND ZWEI!

NA DANN, AN DIE ARBEIT!

VEDDEL HAT NICHT VIEL ERZÄHLT. ABER DIE OPFER SIND BEIDE WEIBLICH.

DAS WAR ZU ERWARTEN.

WIE KANN ER DAS IN SO KURZER ZEIT BEWERK-STELLIGT HABEN?

GUTE FRAGE!

BESONDERS IN ANBETRACHT DER TATSACHE, DASS ES ZWEI VERSCHIEDENE FUNDORTE GIBT!

DAS HEISST, ES SIND ZWEI FÄLLE!

DA IN IAKES DURCH DAS "NICHTS" EINE OBDUKTION UNMÖGLICH IST, KÖNNEN WIR SIE NICHT VOLLSTÄNDIG UNTERSUCHEN.

ABER ALLES WEIST AUF SEXUELLEN MISSBRAUCH HIN.

UND DIE DNA NÜTZT LEIDER NICHTS. WIR HABEN KEINE DATENBANK.

EBENSO NUTZLOS WIE DIE GRÜNE WOLLFASER, DIE WIR SICHERGESTELLT HABEN.

WAS SIE TÖTETE, WAR DER SCHLAG AUF DEN HINTERKOPF. ANDERS ALS DAS LETZTE OPFER STARB SIE AN DIESER STELLE HIER. DIE TATWAFFE WAR ETWAS LANGES UND SCHWERES. EIN GEGENSTAND WIE EIN BRECHEISEN ZUM BEISPIEL.

ICH RUFE TÖNJE AN. MAL HÖREN, WAS ES BEI IHM UND RIK SO NEUES GIBT.

RRRING RRRIIING

ZAPPELBUNKER *Disco*

DAS OPFER VON TATORT EINS EREILTE EIN GANZ ÄHNLICHES SCHICKSAL, WIE DAS OPFER ZUVOR. WIR WISSEN, DASS SIE VORHER DIE ÖRTLICHE DISKOTHEK BESUCHTE. WAHRSCHEINLICH TRAF SIE DORT AUF IHREN MÖRDER. ABER ES IST GUT MÖGLICH, DASS ER SIE SCHON FRÜHER AUSGEWÄHLT HAT.

WIE BEIM LETZTEN MAL BEKAM DIE FRAU EINEN SCHLAG AUF DEN KOPF, DER SIE KURZFRISTIG AUSSER GEFECHT SETZTE. NACHDEM ER SICH AN IHR VERGANGEN HATTE – OB SIE BEI BEWUSSTSEIN WAR, KÖNNEN WIR NUR MUTMASSEN – ERWÜRGTE ER SIE MIT DEM SEIL, WAS WIR UNWEIT IHRER LEICHE FANDEN.

SO VIEL ZUR ERSTEN TAT ...

BIN ECHT GESPANNT, WAS JETZT KOMMT, RIK.

...

WAS WILLST DU DAMIT ANDEUTEN?

DAS HEISST, DASS WIR MITEINANDER GESCHLAFEN HABEN. OKAY?!

SEUFZ

...

ALANI!

SCHON GUT.

OH; ER IST SAUER!

HUST

ICH HÄTTE DAS NICHT VERSCHWEIGEN DÜRFEN.

AUCH WENN DU IHN DAMIT SCHÜTZEN WOLLTEST ...

ICH WEISS.

ICH BIN IMMER NOCH DEIN CHEF!

ES TUT MIR LEID.

IM AUGENBLICK BRINGT UNS DAS HIER NICHT WEITER.

WIR REDEN EIN ANDERES MAL DARÜBER.

FAHREN SIE FORT.

DIE GEWALT, DIE ER ANWANDTE, WAR ALSO GERINGER ...

JAWOHL.

UND ...

VIELLEICHT GEFIEL ER IHR SOGAR ...

DOCH ER GING ZU WEIT ...

SIE HATTE EIN WENIG AHNUNG VON KRIMINALPSYCHOLOGIE, SIE KAM OFT ZUR VORLESUNG ...

HM-HM...

UND DESHALB KÖNNTE SIE VERSUCHT HABEN, IHN HINZUHALTEN ...

SIE DÜRFTE SICH DARÜBER BEWUSST GEWESEN SEIN, DASS EINE ABFUHR IHN PROVOZIERTE.

ICH BIN SICHER, DASS SIE BALD MERKTE, DASS SIE IN GEFAHR SCHWEBTE.

ER MUSSTE SIE NICHT ZWINGEN, SIE LIESS IHN GEWÄHREN!

WEIL SIE HOFFTE, DAS WÜRDE SIE VOR SCHLIMMEREM BEWAHREN!

...!

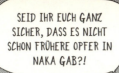

SEID IHR EUCH GANZ SICHER, DASS ES NICHT SCHON FRÜHERE OPFER IN NAKA GAB?!

MEISTENS GIBT ES ZU ANFANG EINEN "TEST".

EIN KILLER WIRD MIT SEINEN MORDEN GESCHICKT! AM ANFANG MACHEN SIE IMMER FEHLER!

ICH DENKE, DAS REICHT JETZT.

VEDDEL, ER SOLLTE ES ENDLICH ERFAHREN ...

HMPF...

RIK, WIR HABEN DIR ETWAS VERSCHWIEGEN ...

WIR WOLLTEN ERST DEINE FÄHIGKEITEN AUF DIE PROBE STELLEN UND SEHEN, OB DU SELBER DARAUF KOMMST.

DU HAST RECHT.

ES GAB EIN OPFER, BEVOR DU HIERHER KAMST.

DAS BEWEIST DOCH GAR NICHTS!

WEIBLICH, 21 JAHRE ALT, AUS-HILFE IN EINER BAR, HÜBSCH ...

... UND WIEDER IM WALD.

...

DIESES OPFER STARB DIREKT DURCH DEN BEREITS BEKANNTEN SCHLAG AUF DEN HINTERKOPF.

DAS WÜRDE DOCH DEINE THEORIE BESTÄTIGEN ...

... DASS ER ZUERST EINEN TEST DURCHFÜHRTE.

WIR NEHMEN AN, ER HAT DIE KRAFT SEINES SCHLAGES UNTERSCHÄTZT.

ER TÖTETE SIE FRÜHER, ALS ER GEPLANT HATTE.

...

NA SCHÖN.

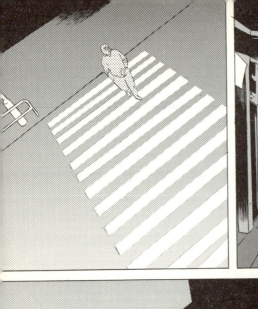

Tap Tap

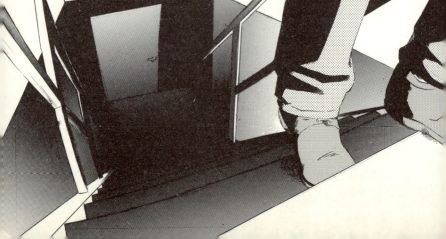

HAST DU GEHÖRT?!

JETZT VERSUCHT NANG SOGAR SCHON, DICH MIT BURGERN ZU KÖDERN!

BENIMM DICH GEFÄLLIGST NICHT WIE EIN KLEINES KIND, DEM MAN DEN LOLLI GEKLAUT HAT!

GUT, DU GEHST ALSO IMMER NOCH NICHT RAN?!

DANN KOMMEN WIR DICH EBEN HOLEN!

NEIN!

? ? ?

KÖNNEN WIR NICHT STATTDESSEN EINFACH EINE GANGSTERBRAUT AUS ALÄ „REKRUTIEREN"?

ICH GLAUBE NICHT.

ERST EINMAL MÜSSTE SICH JEMAND BEREIT ERKLÄREN, SELBST DORTHIN ZU REISEN UND SO EIN FRAU FINDEN.

DAS WÄRE SOGAR NOCH GEFÄHRLICHER.

DA GIBT'S EH FAST NUR MÄNNER.

DAS KÖNNEN WIR VERGESSEN.

NUR DU KANNST DAS ÜBERNEHMEN, NANG!

GUT. MIT IHRER ERLAUBNIS, VEDDEL.

ICH SCHAFF' DAS SCHON.

IST DAS ...

... EUER LETZTES WORT?

Kapitel 5

UFF

GEHT'S?

KLAR,
KEIN PROBLEM!

WAR JA
NUR 'NE KISTE!

KANN ES JETZT LOSGEHEN?!

PASS' AUF DICH AUF!

HEEEY!

JA, JA, JA, JA, ...

WIR MÜSSEN JETZT ABER WIRKLICH LOS!

DU KOMMST DOCH EH ZUM EINSATZ WIEDER!

RIK HAT RECHT.

JETZT REIN MIT EUCH!

ABER SPASS BEISEITE!

ICH DACHTE NICHT, DASS WIR IHN SO SCHNELL FINDEN WÜRDEN.

ABER NACHDEM DU DIE LEICHENFUNDORTE, DEREN ARBEITSPLÄTZE UND WOHN-ORTE IN DIE KARTE EINGEZEICHNET HATTEST, KAM DIE ERLEUCHTUNG, WAS?

NA JA ... EIGENTLICH IST ES GANZ LOGISCH ...

ES IST DOCH NAHELIEGEND, DASS ER SICH IN DIE WOHNUNGEN DER OPFER EINNISTET, SOLANGE SIE LEER STEHEN.

TROTZDEM GUT GEMACHT, ALANI!

JETZT GUCKT AUCH GEFÄLLIGST!

WHOAHOOOHO!

WER IST DIESE FRAU, UND WAS HAT SIE MIT NANG GEMACHT?!

GUT, IHR HABT'S GESEHEN, ENDE DER VOR- STELLUNG.

WAAAS!? NEIN! WARTE KURZ! HÖ, HÖ, HÖ!

GERN.

F-FINDEN SIE, DAS GEHT IN ORDNUNG?!

JA. FALLS ER DER MÖRDER IST, WIRD ER NICHT GLEICH IN AKTION TRETEN.

ER MUSS SIE ERST EIN WENIG KENNEN LERNEN.

SETZEN SIE SICH RUHIG!

NETTE EINRICHTUNG HABEN SIE!

KOMMT BESTIMMT BEI DEN DAMEN GUT AN!

UFF ...

OH! GUTE TAKTIK!

DER KLASSIKER SCHLECHTHIN!

VIELLEICHT SIND WIR UNS JA MAL BEGEGNET, ALS WIR NOCH GELEBT HABEN!?

ICH HABE GEHÖRT, DER TOD KÖNNE ZU GEDÄCHTNISLÜCKEN FÜHREN!

HM...

HM...

Kapitel 6

GANZ RUHIG ...

HMPF!

... DANN TU ICH DIR NICHTS!

ICH MUSS ZU IHR! DA STIMMT WAS NICHT!

NEIN! ES IST NOCH ZU FRÜH!

BERUHIG DICH ERST MAL!

DU VERSTECKST DOCH IRGENDWO EIN HANDY. GIB ES MIR, OKAY?

M-HM.

WENN DAS MIKRO UND DAS OHRSTÜCK ...

... AN EINER INDUKTIONS-SCHLEIFE IN DEINER JACKE SIND, ZIEH SIE AUS UND LEG SIE NEBEN DICH!

HNNN...

TSSS...

HEY, HAU' JA NICHT AB!

HÖRT MIR ENDLICH MAL ZU!

MIT DER VERBINDUNG STIMMT WAS NICHT!

ICH WUSSTE,
DU WÜRDEST EINEM FALL
NICHT WIDERSTEHEN KÖNNEN,
IN DEM DIE OPFER
DEIN SCHICKSAL TEILEN!

WARUM
HAST DU NICHTS
UNTERNOMMEN?

GLAUB' MIR,
DAS WOLLTE ICH!

ABER ICH
KONNTE NICHT!

WEISST DU,
ICH HATTE SO GROSSE ANGST!
VOR DEM MANN ...

... ABER AUCH DAVOR,
DIR GEGENÜBER TRETEN
ZU MÜSSEN!

JA ...
SCHRECKLICHE
ANGST ...

ABER JETZT
IST ALLES ANDERS!

VERTRAULICH

PEKA TETEN KONNTE AM XX.XX.2012
GEGEN 21.30 UHR IN DER WOHNUNG,
DIE IHM ZU DEM ZEITPUNKT ALS
UNTERSCHLUPF DIENTE, ÜBERWÄLTIGT
WERDEN. ER VERSTARB VOR ORT AN
EINEM KOPFSCHUSS DURCH DIE ZU-
STÄNDIGE ERMITTLERIN NANG ALANI.
DER ALS PROFILER HINZUGEZOGENE
RIK WIGAND STARB DURCH EINE VON
PEKA TETEN HERBEIGEFÜHRTE STICH-
WUNDE, NOCH BEVOR DER RETTUNGS-
WAGEN AM ORT DES GESCHEHENS
EINTRAF. DA KEINERLEI FÄLLE VOR-
LIEGEN, IN DENEN EIN MENSCH AUS
DER WELT DER LEBENDEN IN DIE
WELT IAKES KAM, OHNE ZUVOR SELBST
GESTORBEN ZU SEIN, IST DER
VERBLEIB VON RIK WIGAND UNGEWISS.
ES WIRD JEDOCH DAVON AUSGEGANGEN,
DASS IHM NUR DAS NICHTS BLEIBT.

Hallo lieber Mensch, der du mein bisher „größtes" Werk in den Händen hältst. Wie du dir jetzt bereits denken kannst, bin ich die Zeichnerin und Autorin von IAKES und hoffe, dass dir die Geschichte und natürlich auch die Zeichnungen gefallen haben (du hast das Buch doch hoffentlich nicht einfach von hinten angefangen, oder?!).

Zuerst möchte ich ein paar Worte über IAKES verlieren: Die Idee zu der Geschichte kam mir, nachdem ich einen Film gesehen habe, in dem der Held am Ende gestorben war. Irgendwie brachte mich das dazu darüber nachzudenken, wie man eine Geschichte schreiben könnte, die nach dem Tod spielt. Das Thema finde ich sowieso interessant, nicht unbedingt das Angenehmste, worüber man nachdenken kann, aber in jedem Fall ein Mysterium. Bei der Entwicklung der Geschichte habe ich mich ein wenig mit Buddhismus und Shintoismus beschäftigt. Im Bezug auf Tod hat Shinto mich nicht wirklich weitergebracht, aber was ich über Buddhismus und auch die christliche Religion weiß, hat mich auf jeden Fall beim Ausdenken der Welt IAKES beeinflusst und inspiriert. Aber da ich eigentlich nicht besonders spirituell oder religiös bin, versuchte ich noch ein gewisses Maß an Sachlichkeit einfließen zu lassen. Damit meine ich vor allem die in IAKES herrschende Bürokratie und dass es dort eine Verwaltung und Mitarbeiter gibt, so ähnlich als würde man in ein anderes Land einwandern und Behördengänge erledigen müssen (na gut, nicht ganz so schlimm…). Die Ortsnamen sind mehr oder weniger erfunden. Es handelt sich hauptsächlich um Wortspielereien und Silben-Umstellungen aus (meist japanischen) Worten, die vorher eine Bedeutung hatten. Meine eigenen Charaktere habe ich total lieb gewonnen und mag mich noch nicht von ihnen verabschieden. Aber mal sehen, was

die Zukunft bringt. Ideen für Geschichten habe ich jedenfalls genug. Allerdings bin ich ja nicht die Einzige, die an der Entstehung von IAKES beteiligt war, deswegen möchte ich an dieser Stelle ein paar Leuten danken: Danke an den CCV, inklusive Alexander Brewka, den Grafiker Wolfe und natürlich meinen Redakteur Michi. Ich freue mich sehr, dass ihr die Veröffentlichung meines Comics möglich gemacht habt, mir Verbesserungsvorschläge gegeben habt, mein Lettering gepimpt- und den Text eingesetzt habt und mehr! Außerdem möchte ich meiner Familie danken, dass sie mich immer in allen Lagen und in allen möglichen Formen in dem unterstützen, was ich mache. Ein extra großes Danke an meinen Opa fürs Korrekturlesen, an meine Mama fürs assistieren und auch an meine Freundin Dani, die ebenfalls als Assistentin herhalten musste. Und danke an diejenigen, die schon seit Lupi oder noch länger meinen Werdegang verfolgen und Gefallen an meinen Zeichnungen und/oder Storys fanden. Hoffentlich bleibt das auch so! :D Und natürlich auch ein dickes Dankeschön an alle die dieses Buch gekauft haben!

-- Miri

RIK'S APARTMENT

NANG'S APARTMENT

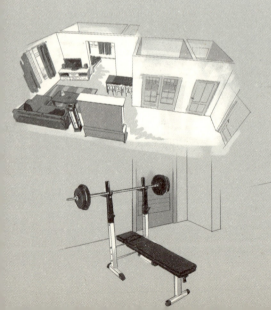

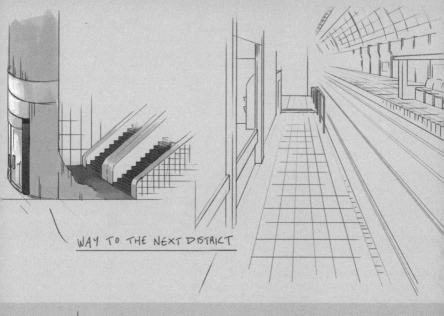

WAY TO THE NEXT DISTRICT

NAKA DISTRICT OVERVIEW

VIEW THROUGH RIK'S WINDOW

DAILY CLOTH REPRESENTANT REPRESENTANT VERS 2 SPECIAL FORCE WEAR

IPD
LIGHT POLICE DEPARTMENT

IAKES

Orginalausgabe
© by Comic-Culture-Verlag / Miriam Esdohr · Berlin 2014
c/o Alexander Brewka, Scharnweberstr. 125, 13405 Berlin

1. Auflage
Deutsche Ausgabe / German Edition

Redaktion: Michel Decomain
Lettering und Layout: Wolfgang Schütte, www.wolfe.de
Druck und buchbinderische Verarbeitung: Druckhaus ASJP

ISBN: 978-3-941886-18-6

**www.comic-culture-verlag.de
miri-chuuei.org**